Welcome to Kindergarten
Bienvenido al Jardín de Niños

Sally Huss

ISBN: 10: 1-945742526
ISBN 13: 9781945742521

Billy was proud of how tall he was growing.

Every few weeks his mother marked the wall where it was showing.

Billy estaba orgulloso de cuanto crecía y crecía;

mamá marcaba en un muro, cada semana, cuanto Billy medía.

Taller and taller, bigger and bigger, stronger and stronger he grew.

Where it would stop nobody knew.

Alto y más alto, grande y más grande, fuertey y más fuerte se hacía.

Cuando se detendría nadie lo sabría.

Then one day his mother announced that he'd graduated

from preschool

And he would be going to a new school.

Luego un día su mamá le dijo que al preescolar ya no iba a ir

que a otra escuela tendría que asistir.

"You're going to kindergarten!"

"¡Vas a ir al jardín de niños!"

With those words, Billy's shoulders started fallin'.

Con esas palabras, Billy se puso triste.

What about his friends, he wondered,

would he be leaving them behind?

What about his teacher? She'd been so very kind.

¿Qué pasará con mis amigos? ¿Tendría que olvidarlos?

Se preguntaba,

¿qué hay de su maestra? Ella era tan adorada.

The more he thought about this, the sadder he got.
"I'd rather stay in the same school in exactly the same spot."

Mientras más pensaba sobre esto se echaba a llorar.
"Me gustaría más quedarme en la misma escuela,
en el mismo lugar."

"No, no," said his mother. "You have to move along.
Staying in your old school would be all wrong.

"No, no," dijo su mamá. "Tienes que superarte.
En la misma escuela sería un error quedarte.

Besides you like to grow…
And by going to kindergarten you will grow
in ways you do not know."

Además, te gusta crecer…
y en el jardín de niños lo vas a hacer
de nuevas formas que te van a sorprender."

Still, Billy was not convinced. "I'm growing just fine.

Look at that mark on the wall," he said, pointing to the top line.

Pero Billy no estaba convencido. "Estoy creciendo y creciendo.

Mira la marca más alta en la pared, que lo está diciendo."

"Yes, you're growing taller," his mother said.
"But there are more ways to grow
than measuring the top of your head.

"Sí, te estás haciendo grande,"
dijo su mamá, "pero hay más formas de crecer
aparte de midiendo hasta donde llega tu cabeza en la pared.

You can grow in knowing by learning to read yourself.
Kindergarten classrooms are filled with books
of stories on every shelf.

Puedes crecer aprendiendo a leer.
Los salones del jardín de niños están llenos de libros
y libros en cada repisa, pronto los podrás ver.

You will learn new songs and new games to play.

Canciones y nuevos juegos aprenderás…

You will learn about different lands that are far, far away.

…tierras muy muy lejanas conocerás,

You will learn about people who have different faces.
You'll find that a kindergarten classroom
is one of the most exciting places."

aprenderás sobre personas muy interesantes,
sabrás que el jardín de niños es uno de los lugares más
emocionantes."

"But I'll miss my friends," Billy complained.

"Ah, that's another area to grow in," his mother explained.

"Pero extrañaré a mis amigos," Billy se quejó.

"Ah, esa es otra área en la que puedes crecer,"
su mamá le explicó.

"Your heart has room for many friends.

Its ability to expand never ends.

"Muchos amigos caben en tu corazón:

tu corazón crece, ésa es la razón.

The more new children you get to know,

The more friends you add, which makes your heart grow."

Cuando hagas un nuevo amigo,

tu corazón crecerá contigo."

Billy brightened, and then remembered, "What about my teacher?
I love her so much."
Oh how he would miss her kindness and gentle touch.

Billy se animó y luego recordó: "¿Qué hay de mi maestra?
Me agrada su delicadeza.
Extrañaré su amabilidad y gentileza."

Again, his mother had the right answer…
"You'll have many teachers as you go through school.
Each one is like a valuable tool.

De nuevo su madre tenía la respuesta correcta…
"Cuando vayas a la escuela, tendrás muchas profesoras,
cada una te dará lecciones enriquecedoras.

Each one is there to guide you and teach you something new.

Remember to appreciate each one and say, 'Thank you.'

Cada una te guiará y algo nuevo te va a enseñar,

recuerda decir "gracias" y a cada una apreciar.

See how much fun growing can be?"
"Yes," said Billy with a big smile, he had to agree.

¿Ves que crecer puede ser divertido?"
"Sí," dijo Billy con una gran sonrisa, agradecido.

Walking down the hallway to his new classroom, Billy's mother

mentioned another area in which he might grow.

"Not every kindergartner knows the things you now know.

La mamá de Billy le enseñó una última cosa caminando por el

pasillo de su nuevo salón:

"No todos los niños saben lo mismo que tú, aprende esta lección.

By being a friend to others you will help them grow too.

It can be frightening to some in which everything is new.

Ser amigo de otros hará que ellos crezcan también.

Puede ser difícil para algunos con otros no llevarse bien.

Growing in kindness is one of the most important lessons

you can learn.

And you can learn it in kindergarten.

It is the most stars you can earn."

Crecer siendo amable es una enseñanza que deja huellas.

Y puedes aprenderla en el jardín de niños.

Donde ganarás muchas estrellas."

When Billy entered the classroom he was ready and eager,
Filled with excitement to meet new friends and his new teacher.

Cuando Billy entró al salón de clases, estaba listo y entusiasmado,
por hacer nuevos amigos y conocer a su maestra estaba
emocionado.

The end,
but not the end
of learning
and growing.

Hardly a day goes by in which a little kindness

doesn't make the day better.

El fin,
pero no el fin
de crecer
y aprender.

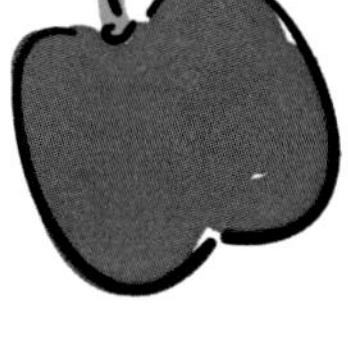

Difícilmente pasa un día en
que un poco de amabilidad
no lo haga mejor.

At the end of this book you will find a Certificate of Merit that may be issued to any child who has fulfilled the requirements stated in the Certificate. This fine Certificate will easily fit into a 5"x7" frame, and happily suit any girl or boy who receives it!

Al final de este libro encontrarás un Certificado de Mérito que puede ser otorgado a cualquier niño que haya cumplido los requerimientos estipulados. Este Certificado cabe fácilmente en un marco de 5" x 7" y, ¡es apto para cualquier niño o niña que lo reciba!

Here are a few Sally Huss books you might enjoy. They may be found on Amazon.

Aquí hay algunos libros de Sally Huss que pueden gustarte. Puedes encontrarlos en Amazon.

About the Author/Illustrator

Sally Huss

"Bright and happy," "light and whimsical" have been the catch phrases attached to the writings and art of Sally Huss for over 30 years. Sweet images dance across all of Sally's creations, whether in the form of children's books, paintings, wallpaper, ceramics, baby bibs, purses, clothing, or her King Features syndicated newspaper panel "Happy Musings."

Sally creates children's books to uplift the lives of children and hopes you will join her in this effort by helping spread her happy messages.

Sally is a graduate of USC with a degree in Fine Art and through the years has had 26 of her own licensed art galleries throughout the world.

This certificate may be cut out, framed, and presented to any child who has earned it.

Certificate of Merit

_____
(Name)

The child named above is awarded this Certificate of Merit for:

*Being kind to others in class

*Being helpful to your teacher

*Listening well and following directions

Presented by: _____

Date: _____

Este certificado debe recortarse, enmarcarse y entregarse a cualquier niño que se lo merezca.

Certificado de Mérito

(Nombre)

A la niña o niño nombrado arriba se le otorga este

Certificado de Mérito

Practicando la bondad todos los días:

*Ser amable con otros niños de su salón

*Ayudar a su maestra

*Escuchar y seguir instrucciones

Presentado por: _____

Fecha: _____

Made in the USA
Las Vegas, NV
09 March 2023

68706230R00021